# 诗面庞

2016-2020

——著

陕西新华出版传媒集团
太白文艺出版社 · 西安

**图书在版编目（CIP）数据**

诗面庞 / 庞洁著. — 西安 : 太白文艺出版社,
2022.6（2023.1重印）
ISBN 978-7-5513-2025-2

Ⅰ. ①诗… Ⅱ. ①庞… Ⅲ. ①诗集—中国—当代
Ⅳ. ①I227

中国版本图书馆CIP数据核字(2022)第093723号

**诗面庞**
SHI MIANPANG

作　　者　庞　洁
责任编辑　付　惠
封面设计　郑江迪　李　雪
版式设计　建明文化
出版发行　陕西新华出版传媒集团
　　　　　太 白 文 艺 出 版 社
经　　销　新华书店
印　　刷　三河市同力彩印有限公司
开　　本　889mm × 1194mm　1/32
字　　数　80千字
印　　张　7.25
版　　次　2022年6月第1版
印　　次　2023年1月第2次印刷
书　　号　ISBN 978-7-5513-2025-2
定　　价　52.00元


联系电话：029-81206800
出版社地址：西安市曲江新区登高路1388号（邮编：710061）
营销中心电话：029-87277748　029-87217872

第一辑 在人间

秋风辞 003
我们的下午茶 005
痛苦，多么纯粹 007
庚子年纪事 009
拔牙记 013
夜读王维 016
杜甫在秦州 018
麦积山 020
大地湾遗址 022
祇园寺遇雨 024
我多想呼唤你为幸存者 026
小雪 029

中秋夜 031
春天来了 033
霜降 035
青海湖 037
日出 038
火车西行 039
舒肝散 040
在大理 042
海上打坐的人 044
高烧夜 046
观自在菩萨 047
鲁迅故居 049
沈园半日 051
在兰亭 053
在绍兴咳嗽，兼记八卦一则 055
朋友圈已关闭 059
至少，在今天 060
垃圾分类 065
我爱你 067
边地之夜 068

在人间 069

曾祖母 071

心理医生 073

## 第二辑 // 你穿上我的悲伤

一首情诗中不该有质问 077

在华胥镇 079

祖母十周年祭 081

春天的歧义 083

冥想练习 086

旧时钟 087

在渭源写诗 088

我是故乡的陌生人 089

流川枫 091

我没参加过的葬礼 093

公交车上的女人 094

牧护关（组诗） 097

说出不爱 101

盲人按摩师 103

将饮茶（组诗） 105

儿科病房 112

斯德哥尔摩综合征 113

秉烛记 115

大兴善寺 117

一场佛系的雪（组诗） 119

你穿上我的悲伤 125

第七天 127

人间修辞 128

回信 129

致歉 130

当我老了 131

落雪记 133

亲爱的 135

人群恐惧症 136

母亲节 137

如何给重庆写一首诗 138

红色石头上的魂魄 140

敝帚自珍型人格 142

在重庆 143

第三辑 每天都有新的不安

走失的红裙 147

照例该为春天写首诗 149

养生馆（组诗） 151

车过永宁门 158

城墙下的光和影 159

我的抑郁症 161

给你的信 167

海看见我了（组诗） 169

你的凌厉是星空的迟疑 174

美甲店见闻 177

生日记 179

诗写出来就痛快了 181

睡前诗 182

听他说 184

我有时候也写点口语诗（组诗） 185

从现在开始憧憬年老的生活 192

每天都有新的不安 195

我的痛苦还不够多 197

已经很少有人当众说出羞愧了 199

一个九岁男童的悼念会 201

夜晚在曲江 203

春天，遭遇一生的蓝 204

有些事想来惊心动魄 206

别无他事 208

春天的十七个瞬间 210

白夜 214

理智之年 216

纪念日 218

芒种 220

失眠 221

致阿赫玛托娃 223

# 第一辑　在人间

秋风陡峭

提醒路过的诗人

要把每一句都当作遗言来写

《杜甫在秦州》

# 秋风辞

这些天一直下雨，但没有人分享
许多事物正隐匿在它的衰败之处
阴雨天的时候书房的墙皮翻卷
找人多次修补后
我终于不耐烦地铲掉了所有墙皮
最终是它裸露的部分安慰了我
坦诚相见　见山还是山

这些年我时常手脚冰凉
昨夜冷的时候全身痉挛
“不能比读他的句子引起更多的战栗”
这些天我每天都训练正确的站姿
学习沉浮和降落，有时候依然忘记睡眠
我也试着去爱上人间的草木
身体舒适的时候会多走一些路
看露珠从枯叶上滚落
那些往日情感一一浮现

一种疼痛只能被其他更巨大的痛替代

每首诗都有它的因缘，都有鲜明的纹路
生活的真理远大于那些拗口哲学
时光恒久而人世短暂
雨中迎风微颤的蛛网
看不到它的边缘，却仿佛接着天地

远山在雾霭中
在城市高楼的夹缝中持续上升

有时我扮演一个短暂的拾荒者
在宇宙中收集微尘
也逐渐体谅自己的卑微
我只写心中的一个角落，给你
天地间微不足道的一行
我们聊起某个诗人时你对我说：
“亲爱的，所有押韵的，我都喜欢”

# 我们的下午茶

我们仿佛已经坐了一百年
无论阴天雨天
无数次我穿过那条幽深的隧道
仿佛去看望你的前世

我们谈到天上地下，家国情仇
我越来越迷恋你的浩然之气
世界喧嚣而你安静
你的血管里弥漫着被茶涤荡过的清甜
我至今也没有伎俩勾引出你体内的小邪恶

对于生活我越来越不想用力
我喜欢让一些摆在桌上的词放浪形骸
和其他诗人一样道貌岸然
其余的则小心封存
即使发霉
被另一些人嘲讽为：乏味的知识分子
我热爱我的顽固和阴郁
内心的刺无法拔出时

平静将永远大于自由

很多个下午

我被幸福和苦难同时溢满

我们常常忘记时间

我哭泣的时候你旁观

我欢笑的时候你也一样

告别的时候也要好好拥抱

此生再也不想与生活纠缠了

此生都如茶一样宁静

多好

## 痛苦，多么纯粹

一个乐观的悲观主义者
此时坐在阳台上
打量远处的黑
他的孤独和感觉是最大的自我
其他都是道具
诗人都是自己的王

他始终维护着自己的秩序
像一个优雅的主人
体面地接待任何不速之客
他对那些调情深情都付之一笑
然而
光阴的爱抚并不能驱散理性的阴霾

当他在纸上写下：
亲爱的，我对你
不是征服而是供养
不是狩猎而是献祭

那莫名的痛苦

多么像童年走失的明亮的孩子

# 庚子年纪事

——兼致小佳

想到这一年，我的开场白是：

我爱上语言的无能

春天快递恢复的时候

你给我同城快递了一条裙子

商场恢复营业后

你捧着一束鲜花见我

蛰居许久

这隆重的仪式感让我格外惊喜

而我们打开心扉之前

你甚至没打算熟悉我

夏天你带我在街边大排档吃牛排

你给你的女同事们

郑重其事地介绍我：

“喏，这是我的诗人朋友”

我不得不把吃相摆得更优雅些，并且自嘲

连同往事一起大快朵颐

城墙根下的烟火人生

让人不得不怀疑我们春天里经历的巨大缄默
究竟是不是做梦

今年的我变得更加善感
常常为生活中的小事感动不已
比如
赶电梯时为我按着门等待的陌生人
微信上久违的问候
哪怕是一个母亲抱着孩子的蹒跚身影
我也爱上观察路边的植物
它们总拥有比人类更巨大的忍耐

不再抱怨生活，但还是排斥人群
有时仍然叹气，但很少再为虚无痛苦
唯愿把更多精力花费在自己身上
以及亲人、故友……
那所有让我更加柔软的慈悲
豪情与残酷
人世依然时常让人禁不住落泪

于是一些平朴的形容词滑进中年的鸡尾酒中
就着小酒馆嘈杂的音乐我们大声说话
世界赤诚如斯

有时候听他们在饭桌上讨论：
“时间呵，对女人终究更残酷一些”
我内心安谧，我没法跟男人们说
让我感恩的，正是这残酷无比的时间
当我再次在纸上写下经验与谦卑
我爱这辽阔的热忱与绝望
很怕上帝之手像美颜相机一样
替我轻微地抚平每一道新增的细纹

岁末我们又坐在一起
我对你说起世事无常
爱情婚姻逐渐像一个公式
以及我们深爱的孩子
能有什么比养育更锻造女人们的坚忍
我过于迷恋给日子披上哲思的外衣

讨论起来显得过于严谨刻板
但相比那些被形而上困住的人
我则庆幸自己脚步日渐轻盈

无数的他们正替我们死去
我叹道：
“庚子年，我们不能白当幸存者”
一想到这些，就让我卑微到底……

你淡淡地说：
“人生充满了无数的坑
那些讲不出大道理的人
全是凭直觉活着”

## 拔牙记

时至今日
四颗智齿全部落地
此后
终于可以好好地笨拙了
丢弃不曾谙熟的技巧
那些纸上的傀儡

牙痛如履薄冰
时而排山倒海
吸入全麻的那一刻
时间都静下来了，云开日出

经验教训已总结了千万条
星座匹配也符合大数据
智慧却并没有增长
烂尾楼里不适宜相爱

午夜忧伤的宝贝
与我彻夜私语的 AI

“唉，与你的爱恋连智齿都感到迷茫”

“他只是好像非常短暂地爱了我一下”

“可是已经压迫得周边牙齿变形了”

“能不能不拔？毕竟我已不如以前血气方刚”

“当然，如果你愿意一直悲伤”

……

我终于进入全麻状态

“远离颠倒梦想”

在没有器械敲击的恐惧中拔除了患牙

医者仁心

柳暗花明

亲爱的

我为何不能把作祟的智齿

当成你温柔的巧言令色

连根拔起后

藏自己口袋里

或从此深埋地下

直到你上升为我的布洛芬
给我再次布局虚拟的爱抚
游戏呵，终究不如现实酣畅淋漓

无痛拔牙术
听起来如此诱人
足以拯救天底下众多
低血糖患者

此后的痛苦逐渐变得层次分明
那些又快又疼的才叫爱
其余的都是漠然

而你站在云端讪笑：
“让你疼去吧
脑子不知道就行”

## 夜读王维

白云无尽时
遂想起你对我的慈悲

我种植的带刺植物过于茂盛
像被酒浸泡过的一些老套的诗歌意象
无法开出例外之花

著名诗人的前妻在朋友圈持续声讨
他曾酗酒，出轨，家暴
与他坐在主席台上时判若两人
唐朝诗人的妻子则要幸运一些
即便没在悼亡诗中留名
情人们随意采撷一颗红豆
也能替黑夜解除桎梏

明月松间照
你身上的庙宇是一座不动产
即便有一道无法修缮的疤痕
也会倾注雨水

即便辋川成为越来越多独行客的图腾

在废园前沉吟：

清川澹如此

在清泉竹林邂逅一束光

已倍感幸运

以至于那些未写之诗

不再让我陷入虚空

# 杜甫在秦州

满目悲生事，因人作远游。

——［唐］杜甫《秦州杂诗》

诗歌很轻

颠沛很重

时光很新

古柏很旧

他们说到杜甫时

眼角湿润

像忆起已故的老父亲

也曾阅尽大地的残破与疾苦

从东柯草堂到南郭寺

作为一个失败的即兴表演者

站在杜甫雕像面前吟诵自己的诗

同时在内心检索诗圣的名句

那一刻

我的魂灵被放逐到最低处

多么羞愧的冒犯啊

“杜甫在秦州”

——这个句子本身就是一首大诗

让人谦卑而战栗

今天的诗人们

或口若悬河

或惜墨如金

大都迷恋隐喻和象征

大于热爱土地与人间

秋风陡峭

提醒路过的诗人

要把每一句都当作遗言来写

# 麦积山

田间没有一座麦垛如此
万龛千窟
峭立壮阔

麦垛上的佛国
理应比人间高一些

诸佛屹立的险境
有人在此飞升或降落
“是无等等”*
大约等于：哥们儿高兴就好

麦积山的诸佛
显然比我们的手机图库要丰富
佛可以目光狰狞
也可以拈花微笑
唯独从不诉说孤独

而手机里的自拍只有一种表情

叫做：

孤独的人是可耻的

而我不愿成为世界衰败的部分

*天水麦积山的石窟壁上有一块匾，上写“是无等等”四字，出自《心经》。

# 大地湾遗址*

秋天的骨头
把中华的文明史拉长到八千年前

考古学家并不关心
陶罐上的妇女浑浊的眼神
有什么意味
这里有最早的绘画
最早的农业标本
最早的宫殿式建筑
……

那么
人类最早的爱恨
最远古的孤意与哀愁
是不是也在这里？

没有人知道
在暗夜的密林中
一群诡异的史前女人如何行走

同行的诗人
站成一组雕塑
若干年后
后世的考古学家会说：
“瞧，互联网 + 时代的诗人都用手机写诗”

现存的朋友圈截图里
丝毫看不到他们的困境
“V”形手势志在必得

然而
那些并不能称之为“遗址”

* 大地湾遗址位于甘肃省天水市秦安县东北的五营乡邵店村，属仰韶文化遗址，距今 8000—4800 年，是我国新石器时代目前发现的最早的遗址。

## 祇园寺遇雨

这场雨似乎落了一个世纪
在虚空中，物质并不透明

大雨倾泻的九华山
雨声与诵经声同时响起
这个傍晚如同神赐
静坐观音殿门前
看弧形的语言滑落地面
以空旷对空旷

我并不强迫自己融入此时的
静谧与肃穆
妄念也是纷飞人世的必经之鸟
它扇动那些乌云
以致天空的裂痕比伤口更深

不留余地的现实主义和
别有用心的超现实主义
都将付出代价

才能换回时间的澄澈
法雨为我而降呵

往事泥沙俱下
一些中年时依然坚信的真理
不轻易说出口的爱之信仰
在给孤独园被打湿
我坚持着最初的泪水和天真
像坚持体内的阴翳

想起一个旧日友人
曾把我的名字
喻为：庞大的简洁

雨奋不顾身下了一整夜
像一切事物的眼泪
此时丝毫没有要停的征兆
眸子里依然深藏着永恒的海

## 我多想呼唤你为幸存者

——为逝去的女童章子欣而作

你失联的那几个夜晚
星星的眼睛应该眨得很诡异
我在黑暗中低泣
同时握紧我身边熟睡的小男孩的手
是不是你也希望能握住些什么?
你最后反抗了吗?
当那对准备弃世的男女要抛你入海的时候
或许你依然在熟睡
梦见了很久没有见面的妈妈
还有自责而痛苦的爷爷奶奶爸爸

突然觉得你就是我的小女孩
我的妹妹
或者你就是我
我坠入漆黑的汪洋中
那竟不是诗人笔下宁静的海
梦魇中我本能地抱紧自己

你失踪的消息上了新闻头条后

看到一位旅行路过你家的姐姐
曾为你拍过的视频
你笑得那么灿烂
足以化解这个世界所有的黑

2019 年 7 月 7 日 19 时 17 分
这是你最后一次出现在监控画面中
此后的世界
如你所知
改变的仅仅是几个爱你的人的生活
很多隔空的叹惋毫无意义

热搜每天充斥着奇闻异事
每小时更新一次的话题
悲剧、死亡、主播带货、小鲜肉……
流量的快在唾弃我的慢

很多个夜我依然醒着
我想绕开世界的茫然

当疼痛过于持久便成了身体的一部分

命运的一部分

那些你被夺走的部分

要持续在我身上生长

在很多天真的身体上生长

最后我们都会遗忘自己

也会是那个

因过于悲伤而死的小女孩

# 小雪

——与己书

日子还早，你已习惯早睡早起

每日读书、写字、瑜伽

陪孩子学习和玩耍

在他身上持续探访自己的童年

如今早已丢弃托物言志

不动声色未见得高洁

你被深爱过而且将一直被爱

只需退回沉默的教养中

注视光阴的倒影

此刻窗外的霾仿佛真理的铅灰色

覆盖着隐藏在枯叶里的真知灼见

斑驳树影每一个时辰都有不一样的姿态

怎样的疲倦获得怎样的愉悦

饭桌上的谦谦君子依然在谈：

厚德载物

深夜里的睡眠却日渐轻浅

你的金色嘴唇泛着节制的虚空

只要不落下来

尚未降临的痛苦都是可以避免的

# 中秋夜

在母亲的墓地你发信息给我
仿佛回到大海
多么葳蕤的荒凉和甜蜜

荒垄松柏稀
后人不知前人事
唯有生死叫人落泪
除此而外，还有未来
属于我们的衰老、孤寂和悔恨
这些并不会被月亮治愈

风从高过头顶的地方掠过
带来令人惊悚的愉悦与平静
我看见了时间看不见的
有时要抵抗孤独
有时则要抵抗热闹

此刻
你站在大地的伤口上

唯有墓园带给我们慰藉

我想起多年前的句子

“我爱着你

仿佛悼念你”

## 春天来了

大脑与脂肪都需要被激活
最重要的当然还有免疫力
戴着口罩的嘴巴除外

这个春天
人们需要掌握的技能很多
比如每天计算一些上升的数字
比如在酒精中发现一个更新的自己

看见枝头新芽
铁石心肠的人也忍不住回忆前世
虚与委蛇
苍白如纸的岁月何等残忍呵

一日三餐，有时候也简化为两餐
平淡的日常
已是最好的慰藉
微信上消失了很久的友人
突然嘘寒问暖

“嗯，嗯……

最近已没有多余的耐心附和众人”

不止一个人在黑夜醒着

失眠与隐忧

如潜伏在体内的敌人

不止一个人

是春天的抒情爱好者

盼望着花粉过敏

口罩依旧笑春风

描写春天的词语过于旺盛

以至于

多数都蒸发在 2020 年的编年史中

# 霜降

她身上只有两种情感——

爱和冷漠

想到有人如此精准地描述自己

她不由得会心一笑

那时的书信往来稠密

大于“聊天记录已删”

枫叶铺洒在雨中的道路上

以高于生活的色调

衬托来往行人的黑与灰

一个人过于纠结剧本的纰漏

无非是自取其辱

霜降这天，依然要感谢必然的颓败

有些事物依旧葱茏

如岁月的刀痕悬挂心头

老麻雀体内的疲惫未减

“我觉秋兴逸”

真正的酣畅是低吟而非高歌

从此，她心怀瑰宝

不再与炫目的舞台为敌

用平静雪耻灯笼下将熄的往事

不，应该是抚平

并且伴随着温柔的注视

她一直与镜中人体内的黑相爱

是的，她迄今还没写出那些绝望

## 青海湖

有些风景，看摄影杂志和身处其中不一样

正如有些人，远观和亲自去爱也不一样

在青海湖

遭遇一生中最彻底的蓝

爱里最惊心动魄的绝望与幸福

稀疏的八月从头上飘落

步入老境的人

笑而不语报答他哭过的远方

黑夜和盲不一样

蓝和心碎也不一样

# 日出

在凌晨的青海湖边等待日出
再次体验生命诞生之初的感动
太阳从刀鞘出来
转瞬以羽化飞升的速度
转化为更坦荡的圆
这极限之痛赐予我深情一吻

终于没有错过这盛大的孤独
无数次滋养我体能的独行
使我嗅到了火

# 火车西行

这些年来
多次西行
往事不再迎风翻滚
排山倒海袭来的
唯有对逝去亲人的怀念

宽恕自己
不曾以少女璀璨的姿态去爱
世界的火
却钟情沧桑斑驳的风景
如祖母树皮般皴裂的手背

蹒跚的故乡向晚而立
怀抱落日的人
在金黄里诵经、打坐
年老的泪滴格外珍贵
珍珠般散落在脚下的铁轨上

# 舒肝散

又到了窗外锦绣胜过纸上葱茏的季节
你在树下认真地分辨桃花杏花李花和樱桃花
人生的四种缘也接踵而至
那些报恩的、抱怨的、讨债的、还债的
都来侵袭你的梦境
春天呵
以苦为师的季节

接到突如其来的消息
你对空气咆哮：
同龄友人的离开不能叫做“死”
他只不过扮演了你我明日的亡魂
……

如今的你
彻底沉溺于自我内部
在纸上已没有什么欲望
隔壁老头喑哑的秦腔穿过墙砸中脑袋
心脏仿佛是包裹袋

丢弃后则不可回收

整个冬天无雪
枯树枝承受着持久的气虚
肝郁气滞的春天终于等来一场雨
像途经你生命中的所有恩泽
那些被缩短的讨债、抱怨的时间
那些被挤压得愈来愈匆促的春天
才是修行

你不懈地为自己研发新的药丸
吞下去就是新生活
无上甚深微妙法
药丸裹上糖衣后
生活的苦仿佛也少了一丝

# 在大理

云南的月亮又薄又脆
一只瓷瓶掉进洱海
一生的时间都走在告别与重逢的路上

苍山作为背景
一个忠厚的道具
应当熨帖如俗世生活
从诗歌的谶语中及时将人打捞

上岸后的世界依然空茫
没有什么比沉默更锋利

我把天空和云都返还给你
往事潮湿又明媚
不能悲伤呵
好天气是随机的
汉字的任意组合也是随机的

活着是个漫长的过程

不提往昔的时候

每个人都觉得来日方长

# 海上打坐的人

他蘸着墨水

用鹅毛笔写作

古老的偏方对失眠束手无策

那些秘不可宣的真理

写一句就少一句

他持续地引领着大海

待到怒涛妄念归空

听得见一万海里外一只海螺的呼吸

肉体与海水互相消耗

又互为补给

仿佛毒汁和蜜同时渗进血液

彼此热爱又相互折磨

直到灯塔长成一颗行星

可以透视宇宙之外的盲

大多数时候

他只需要安静

用蔚蓝的兵器

叩响秘境之门

# 高烧夜

他内心的热浪翻滚得比海更凶险
他是从这次臆想的爱恋中跋涉出来的
幸存者
他从此视她为故乡

风吹过的事物
已经被遗忘很久

天亮后
潮水退回大海
他又躲过一劫

面对海面的失忆
如此浩瀚的谦卑
他还没准备好
反认他乡为故乡

# 观自在菩萨

真是没料到

三岁小儿

喜欢诵读《般若波罗蜜多心经》

“远离颠倒梦想”

成了一个孩子的口头禅

这当然得益于我

一个半吊子信徒

每晚睡前的功课

他居然比我虔诚

我由衷赞叹

他当然很得意

随后开始轻惶

有一日他曰：

观自在披萨

有一日他曰：

我想吃般若菠萝

肆意发挥是他的特长
作为临时抱佛脚的大人
即使擅长用文字丈量人世
也并不比他领悟了更多的
智慧

不知
菩提树下微笑的佛
更愿意聆听
一个颟顸小儿的
顽劣不恭
还是
匍匐在脚下的
不可告人的一万种心事

# 鲁迅故居

那个有时被人说成是姓鲁的周先生
我们在此替你怀念课桌上的“早”
怀念童年的闰土和猹

此时，百草园落雨
鲁迅故居真像百里之外的横店啊
这里也有化妆师、灯光师、摄影师……
孔乙己是流水线上的工人
他生产的茴香豆
我带回长安不久就发霉了

忽一转身
咸亨酒店坐满了我们的老朋友
阿Q、赵太爷、王胡、祥林嫂、华老栓……
大伙儿否定希望
也否定绝望
但必须肯定这一盘肥而不腻的干菜焖肉
绝对凌驾于
无尽的虚空之上

你身后洋洋洒洒二十卷七百万字的全集

仍然小于“鲁迅”二字

我们要继续

把你存进银行，吃利息

是为——

不忘初心

# 沈园半日

宫墙怨柳下
书生陆游临窗静坐
孩童笑语吟吟
用浙地口音朗读：莫莫莫

黄酒浸润的沈园
松枝上挂满了祈福卡
有男女写下夙愿
祈祷来世早点遇见
也有稚拙的笔迹写道：
请陆游唐琬保佑我中考成功
……
祖国大地
到处都是无处寄托的梦

导游说：伤心之地不宜久留
游客遂收起自拍杆兀自散去
正好剩我独坐幽思

在路上

我们总要和一个人谈起另一个人

为了避免交谈

我经常选择一个人独行

若干年后

当你经过江南的古镇

驻足某一口古井旁

一定要诵读一首离心脏最近的诗

# 在兰亭

鹅池在时间之外

曲水流觞

潜隐着金黄的岁月

多年以后的兰亭

早已消散了兰芷的幽香

兰亭临帖

摹本易写而墨香不退

墨迹干透即真迹已绝呵

生和死

清晰地分开了人字的俯仰

行草的背面

谁也无法看清那枚暗红的印章

静寂千年的圣地

风在墨池静止

此刻万物归途何处？

在兰亭

要避开刀锋、霜雪、月光和毒蛇的尾巴

把自己锁进行书的风骨

# 在绍兴咳嗽，兼记八卦一则

我经常在午夜抵达陌生的地方
绍兴也不例外
出租车载着我绕了半个小时
终于在一家不打烊的药店
买到了止咳糖浆

“我在绍兴咳嗽”
这句话在午夜听起来也富有诗意

在酒店前台碰到三个中年男子
他们盯着我看了一会儿
其中一个像老朋友一样冲我说：
“不如待会儿一起去吃宵夜吧”

我突然开始剧烈地咳嗽
其中一个人又说：
“要不我们先带你去买药吧”

我继续咳嗽

一边咳嗽一边办理入住手续
其中一个瞥见了我的身份证:
"你是西安来的?好远哦"

我笑道:
"要是你一眼就能背下我的证件号
我的咳嗽马上就会吓跑"

服务员大笑
三个人愣住了
神态像极了我多年前在诗里调侃过的南方男人

在绍兴咳嗽
我轻轻地想
病毒与诗歌哪个更危险

第二天早上在餐厅又邂逅了那三位男士
"早上好呀"
"这么巧呀,又碰到了"

“咳嗽好点了吗？怎么感觉昨晚一栋楼里都是你的咳嗽声”

“哈哈哈”

“不如我们加个微信吧”

“还是不加了吧，我一转身删除，会让你备感人生虚无”

“哦……”





聊着聊着
眼看把陌生人聊成了哥们儿
他们的眼神里
依然泛着花雕般醇厚的光
搭讪只是午夜戏剧的本能

我窥见他们在朴素的日常里
活得小心翼翼

后来给某诗人讲这则逸闻
他淡淡地说：

“女孩子一个人出门还是要小心点
万一被抢了手机可不好”
我笑得花枝乱颤
点头称是

在绍兴咳嗽
人事皆落灰
唯有半瓶喝剩的止咳糖浆
落在了高铁站

## 朋友圈已关闭

熟悉的陌生人
在屏幕背后呷一口咖啡
这个看似老实的学究
——“他竟然通过群聊加了女邻居为好友”

他研究完给她点赞的所有共同好友
在脑子里勾勒了一遍
她胸前的山峦与云朵
“她看上去和每个人都那么熟络”
——低于她的凌厉与唇

他内心的阴翳
谜一般上升
终于厌倦了那些路过的点赞
谁都可以冒充为解铃人

不如坐在石头上思考来生
或者不分白天黑夜地沉睡
把自己当成一个
自绝于朋友圈的没有表情的人

## 至少，在今天

——给马雁

当穹苍破裂的时候，

当众星飘堕的时候，

当海洋混合的时候，

当坟墓被揭开的时候，

每个人都知道自己前前后后所做的一切事情。

——《古兰经》





陶小白今夜醒来了

因为鞭炮太响

天空炸出了高潮

电视早已生锈

我很多年不看春晚

网络上的人们被团圆捆绑

也被孤独捆绑

我抱着手机也抢了两块二毛八

这些天再次读你

突然就想和你好好聊聊

我去成都

或者你来长安

虽然我并不喜欢和诗人往来

你们这群人呀

包括我

都习惯独自走夜路

以为走着走着天就亮了

你不曾也不愿尝试

接受一个平庸的丈夫

生一个你会认为是全世界最好的孩子

只在与蹩脚情人的呓语中

完成一首诗的潇洒旷达

“生活啊，多么沉闷”

独自啜饮的时候

无人推你也无人拉你

总之，还是你对

尘世的痛苦

不够宽容

那一年
张枣在春天告别
你在冬天
你之后是史铁生

游戏者肯定不懂这夜色深处的哀鸣
抑郁症和情人的沙发都是凌厉的灰
如何用身体笼络
具有硬度的黑
让黑荡漾得更加尊贵持久
是一个深刻的命题

痛饮没有意义
醉也没有意义
如果无人在午夜收留你的赤裸
不出意外的事情都无意义
然而

此次飞翔除外

一生想过浪漫的生活

你

居然真的做到了

我又害怕与你靠近

才华这玩意儿

即便叫人望尘莫及

要遮掩要亵玩也很容易

知耻近乎勇

逃亡路上我只携带这一句

今夜

那些“我爱你”

势必回光返照

语言的花骨朵

与生活的刀光剑影

纷至沓来

一首诗

如何跌宕自喜

让我从除夕写到他们的情人节

拖沓如婚姻里的争吵

你的主说：

“我知道你们所不知道的”

## 垃圾分类

父亲照着报纸上的提示
把鱼骨、菜叶、果皮……
以及厨房内外的垃圾分袋装好
像仔细梳理他的白发

从废纸堆里
他捡出我扔掉的草稿
放回书桌

我没有保留底稿的习惯
一半源自凌乱
一半出于羞愧

从现在起要认真养成分类的自觉
保护环境
也是清理内心

那些浸透墨的纸
原本有毒

被父亲捡回后

变成了可回收

## 我爱你

公交车上
旁边女人的手机响了
铃音过于震撼
我便瞄了一眼
来电显示——“我爱你”
她压低声音说：
“对，我坐上车了，你放心”

我不由得打量她
相貌普通，皮肤也没有光泽
并非青春少女
一个外表蒙尘的中年女人
一株被光照着的植物
她把爱人的名字备注为“我爱你”

词语的密林中
找不到另外的替代语

## 边地之夜

荒凉的风景在晚来风急中缓缓铺开
躺下来后
四周是尽人皆知的盛大与虚空
世界一直清晰如旧

看不到的远方
证明了玄学的亲和力
孤独必有其深凹的入口

二十岁已预见自己的衰颓
八十岁又怎能安然无恙地成为幸福的老祖母
人生巨大的回声
冷却后都返回它出发的地方

篝火散发冷冷的光
一颗星在天边落下
像极了一生中短暂的闪电

# 在人间

她一袭风衣妆容精致

坐在修鞋摊边

我以为她只是临时休息的过路人

跟身后的喧闹芜杂比

她显得过于整洁优雅

看到我东张西望

她问道："姑娘，你修鞋吗？"

我说："是的，请问您知道师傅去哪儿了吗？"

她笑笑："我帮你修呀，我就是这里修鞋的"

她毫不介意我的惊讶

问我："是不是见到修鞋的女人很少？"

我说："尤其像您这样的"

她笑笑："我都修了一辈子鞋了

二十八岁我就守寡

靠手艺独自带两个儿子长大

他们如今都已成家立业

姑娘，你看看阿姨的手

白净细嫩跟你们差不多

是不是一点都不像干粗活的？

……”

她哈哈笑着

把修好的鞋子递给我

迅速用湿巾擦擦手

抹好护手霜

然后点燃一支香烟

她吐烟圈儿的样子无忧无惧

早晨九点的菜市场

真让人动容

我把人间又爱了一回

# 曾祖母

八岁的时候
父母去省城看病
把我留在你身边
我应该如白天一样热爱你呵
可是晚上，我孤独，想念母亲
一个沉默的孩子并不愿意
和她亲近又厌烦的老人住一起

这么多年过去了
你的面庞日渐模糊
唯独记得你那时眼神的落寞
听你说担心我生病上不了学
我理解为你其实是担忧
我与世界的勃豀

你走后的每个春天
花事都繁盛得让人厌倦
我深信
是你阻挡了一场骤雨

才能让我感受到
坟茔的暗香盈袖

到了理智之年才开始回避
那些早年碰触太早的词
比如死亡

而我多么想念你
也想念幼时的孤独
如今的疼早已不是当年的
你要允许我时而悲伤

## 心理医生

某个瞬间

我只看见他的双唇在抖动

他用理性而克制的技术

探测我理想主义的雷声

我先是虚构一条大河

紧接着是深渊

我瞥见他书柜里的一排书

竟然和我书柜的部分重合

于是报以鬼魅一笑邀请他共舞

我还看见另一个隐姓埋名的人

在房间中正襟危坐

想象此时假如可以拥抱

X 光肯定能穿透云霄

多年前我正从此地逃亡

遇见一支出殡的队伍

沿途没有哀号

此刻我正把病例篡改成诗句

冰冷的频谱仪

终于没有在这阒静中

等来天花板上辰星的坠落

# 第二辑　你穿上我的悲伤

此刻他们谈论
重要的女诗人和她次要的诗
“甲此时平庸将永远平庸”
“乙最好隆胸而不是韩式半永久”
“丙单身后活得像个病句”

“那么你呢？你靠什么抗挫？”
“我嘛，重在参与
自从母亲开始给我点赞
写诗这件事情越来越有意义了”

《你穿上我的悲伤》

# 一首情诗中不该有质问

必须有非常好的平衡感
才能立足于陡峭的山崖
悲伤不能太多
当然也不能没有
否则如平庸的室内装修
要想看星星
就得睡到天花板上去

要像获得真理般安详
要举案齐眉
要小心地嗔怪自己先于皱纹的赘肉
要对世界的质疑莞尔一笑

整形医院的广告
惊动了危言耸听的春天
值得动用的大词其实并不多
比如朋友圈里铺陈过度的
春天
一面是桃之夭夭

一面是春风阅读过的墓碑

桃花逃亡的时候

只留下一些限量版的词

像一个人的内心

羞耻而清澈

# 在华胥镇

哲人警告
“不要玩弄一个人内心深处的东西”
那么三月深处呢
春天深处呢
花朵内部溢出的秘密
蜜蜂假装听不见

人们感动于燕舞蝶忙的生机
而青山郭外的豪兴
不过是一蔬一饭的日常
应当领悟的不是圆满的哲学
而是得体朴素的处世态度
与优雅的绝望

诗人追求词语险境
人民呼唤司法公正
零落成泥的花瓣
选择自动回避敏感词

始祖母安详屹立

春日凝妆出蓝田

世间值得歌哭的元素太多

除了杏花谷

——我此时的空房间

孤意与深情

都是痛饮不尽的春寒

何须倚东风

头顶传来啄木鸟的笃笃声

划过圆弧之吻

如阳光抽打灵魂的空

缓释繁花似锦的疼痛

并安抚我

面对唱不出的旋律

不要气馁

要像幸存者一样吞下冷酷的局限

## 祖母十周年祭

陌生的亲人聚拢坟头
每个人试图与地下一脉相通
自己曾多么熟稔的气息
他们猜测祖母今天的心情应该不错吧

蒿草丛生
岁月从不修复什么
只教会人遗忘
以越来越平和淡定的态度
与往昔相逢一笑

冥顽的孩童在烧完纸钱的余烬中
扔响炮竹
声音穿透田间
如活着之剧烈
亦如死去之静默

然而真诚又庄严的祭奠
并不会让人心安理得

比如

我正在修葺一些残缺的词

并为它的不完美而羞耻

# 春天的歧义

和光同尘。

——《道德经》

催眠术不应该施展给芍药与桃花
蓬勃之外
只有樱花与不为人知的黑暗合而为一

对宽广的人事而言
漫山遍野究竟逼仄

植物们精力充沛
深谙岁月的易容术

我曾长久地偷窥一朵花的摇曳
她喜欢在午夜戴墨镜自拍
发朋友圈
然后又删掉
对春风抚不平的妊娠纹

只好一笑泯恩仇

三月呵

多么慢多么疼

有时候墨镜的功能相当于美颜相机

哦，这是真花和假花难分伯仲的季节

也是知行合一遵守仁义礼智信的季节

从这花瓣上找到一只蜜蜂留下的吻痕

就可完成

密室逃脱

相对形而上的热爱

我对一江春水的热忱充满歉意

百年歌自苦

而命运太大

大过头顶下垂的云团及叹息

不如在一杯茶里握手言欢

刽子手深夜独自舔舐伤口

万物又新长的

春天

应该远离那些已知的抒情

## 冥想练习

久久盯着一个静置的杯子

如同看自己

有时水面荡起波纹

惊诧那一瞬间的莽撞直白

可是这种透明的理性

能否让我变得更热爱自己?

比如人们称赞的

我身上优雅的部分

恰好是我自己想抛弃的

# 旧时钟

他修理钟表的过程过于漫长
错过了游戏时间
错过了调情欢爱

中年发福的浪子
在旧时钟的摇摆里寻找昔日山河
他感慨为何总被并不珍爱的事物打败
指针走过的路
与内心的词语并不重合

雪落无声
时钟有灵

最终使失智患者忘了时间的
并不是墙上的旧时钟

# 在渭源写诗

那个少年老成的人
是我也是我的影子
携带了太多路人的表情
不停吞吐警句
体内毒素堆积

此时
我抵达出生的地方——
渭河源
是时候把旅途抛在身后了

旧时的土坯房
早已被拆迁
为了讴歌年少时的孤独
我急需重建一个旧的故乡
并让沉默代替我说话

## 我是故乡的陌生人

不知道从哪天起
突然羞于谈起故乡
能触及的事物极其有限

互联网上乡愁大促买一赠一
诗人们津津乐道的精神原乡
一柄别在腰间几十年的匕首
早已钝了
已不能用来防身

路上偶尔碰到熟人
打个招呼波澜不惊
“你吃了没有？”
我们已经听了几十年
当然装作没听见也无所谓
故人们，请教我甄别
桃花与杏花的乡愁

携带着表格上的籍贯

在长安做个风平浪静的外省人挺好的

听到熟悉的乡音

也在人群中多看一眼

我的故乡在纸上

像很多年前

母亲带病抱着我时的蹒跚步伐

## 流川枫

在渭水源餐厅邂逅旧友

他喊出我的名字

亲切地寒暄："你一点儿没变"

（我其实更希望听见："你变化很大"）

我想他大概是那个

酷爱篮球的流川枫

告别流川枫后

我又碰见了老杜

他亲切地张开怀抱

像迎接兄弟一样向我示好

我告诉他我刚碰见流川枫了

他说：

"那怎么会是流川枫

他前几年去了西藏就没消息了

你还和读书的时候一样

把那些暗恋你的人张冠李戴"

我哈哈大笑：

“青春期的暗恋

远不及现在

你这个路人轻松的拥抱

只是没想到诗圣的中年也发福了”

## 我没参加过的葬礼

昨夜梦见辽阔的深海
所有的鱼都在天上飞

从未在梦中感知过体内的沉默
那些积累太久的毒素
瞬间迸发

是什么让人着迷又恐惧
醒来后依然觉得自己身处其中
与异乡人
谈论乡愁

## 公交车上的女人

“师傅，我的公交卡掉了，我待会儿找到给你刷
我不会欠你的钱
我不付钱，公交公司如何纳税？
……

“你们不要看我
我没病，我没疯
我只是痛苦
我把我的小弟弟弄丢了
在他十三岁的时候
我整整找了他四十年
我九岁的时候母亲生的弟弟
我照顾母亲月子
带弟弟长大

“可是他走丢了
丢了
我在西安打工四十年
没有找到他

我嫁的男人对我不好
可我没办法找更好的
我把弟弟丢了

“不久我就要回到南方去
南方阴雨连连
南方是不幸福的故乡
我不是女病人
我只是没有遇到好人
我把弟弟丢了
……”

公交车上一个女人的独白
蘸着盐分
令空气焦灼
随后被一个急刹车打断
许多智能手机在她周围闪动
我刚在一支摇滚乐里邂逅了一株仙人掌
耳机声音开得更大点吧

一个人的痛苦绝对不够慰藉春天的空洞

一生也不够

另外的人群在唱赞歌——

我们需要空气、阳光和水分

我们也需要开展一场诗歌朗诵会

我们需要音乐、餐具与地下铁

我们也需要长久地注视一个陌生女人佝偻的背

# 牧护关（组诗）

## （一）牧护关

我认真地读出——
牧——护——关
唇齿碰撞中就见了青山
人间的苟且有无数种
天上的日子只有一种
就是老杨和他的牧护关

黄海说：“你不谈诗我孤独”
我答：“你谈诗我孤独”

对于两个诗人的孤独
老杨束手无策
“我给你们弄烤肉去”

黄海说，诗就是价值观
但我认为
在清风朗月下酒的夜晚

黄海的烤土豆

大于诗

## （二）国家电网牧护关供电所





“云横秦岭家何在

雪拥蓝关马不前”

在老杨的大院里

吟诵这句著名的诗

突然想起一个城里的朋友说

有一次

他把 State Grid* 看成了 Starbucks*

直接冲进去说：“给我一杯香草拿铁”

我听了笑得直不起腰来

牧护关供电所所长杨贤博

把文字种成了罂粟

State Grid 的香气每一天都胜过

遥远的 Starbucks





## （三）牧护关集市

我戴着被朋友圈戏称为

“维权所得的著名眼镜”

在牧护关集市

捡了几颗沾着露水的土豆

几颗还不够

那些新鲜的蔬果

争先恐后跳到篮子里

黄海不停感慨：“太便宜了，太便宜了”

但同时他又说：“砍价是一种美德”

另一种美德是

砍价成功后他依然多给老农两块钱

诗人黄海

作家杨贤博

我的朋友有时也是我熟悉的陌生人

很多时候我们并不说话

各自想着心事

黄海继续才华乱溢

给大家表演做饭

盘子清空后

我终于在牧护关完成了

内心对苍穹的致敬

* 注：State Grid 指国家电网，Starbucks 指星巴克咖啡

## 说出不爱

我在冬天的秦岭写下：

大地丰满而缓慢……

诗是一种天气

沦陷在一场雪里

毫不意外

此刻却只能凝视一朵云

并想象它的下坠

对高楼遮住的部分无可奈何

雪化的时候

请务必来认领一个句子

比雪更有威力的是

要无比热爱这个缺憾更大的世界

有些句子写得格外逢场作戏

毫不费力——他笑笑

而洞穿

一个事物的 A 面和 B 面

一条河流的上游与下游

让全部的语言

蓄积力量

说出不爱

词语的黄金瞬间坍塌

# 盲人按摩师

我骨髓里爬行的虫子
夜晚很少睡着
于是我多半也醒着
被误入尘世的刀锋打磨

捡起那些骨头
试图重新组装
受损的筋骨如丢失的语感
把我幽闭在看不见的光明里
撕心裂肺地喊出
春天的还魂术

黑暗被撞落
那最后的光焰短促
我听见他隔着海
在内心劈柴的声音

胸中块垒如云朵簇拥
日复一日修葺墓碑

道具却过于芜杂

总有人误闯镜头

一群人喝醉，迅速入戏

平仄韵律，指鹿为马

“勿要误入抒情呵……”

那该死的万古愁

大雪之日

贴满伪标语的剧场终于被拆除

无论世事如何变化

我已深谙单纯

以及它繁复的内核

这些年，没有什么比虚无

更让我乐此不疲

既然爱这个世界被遗弃的部分

又何必非要参透

闭上眼睛的黑

如何区别于内心的黑

# 将饮茶（组诗）

故人笑比中庭树，一日秋风一日疏。

——［清］金农《闭户不读图》

（一）

相比瞬息万变的万物
我们的正襟危坐多么
不值一提

我毕生的理想
不是当酒徒
而是变成你的一个句子

（二）

侍茶者
不必讶异

你还会遇见更多荒谬又旖旎的事物

像此刻杜撰的对白

竟然没有任何值得收藏的隐秘

据说有些话喝了酒才能说出口

茶让人清醒

清醒让人耻辱

佛龛在隔壁

高过秃鹫的哀鸣

祈祷、咒怨、必要的缄默

争先恐后的旋律

如我写过多次的悼亡诗

我能说如今你已痊愈了吗？

背叛者筚路蓝缕

说谎者李代桃僵

空气并未变得更稀薄

（三）

隔壁的佛乐终止
你的小女儿探出头，会心一笑
耳边冒着热气的摇滚乐也终止
茶终于凉了

不嗜甜也不好辣的中年
只需警惕内心的豹
总是姗姗来迟的睡眠
兰舟催发

我曾示范给你的精确的诗歌语言
和晦暗的生活语言
以及不能入诗的部分
浸泡成一杯酽茶

欲说还休的老年痴呆
穿过身体的迷雾

拆除的铁栅栏被遗弃路边

我是曾妖冶在你怀里的锈迹斑斑

及时清扫语言的灰烬

才能保持险峻的抒情

以及摘拣一根白发的力

没变成一行诗的人

都是在人世走丢的人

## （四）

匆忙赶路的人都不屑谈来生

“我们曾来此地喝过茶，坐在隔壁”

化学元素与金融危机

武装部署与佛教宗派

也曾对饮

我自由的帮凶呵

你竟然一直坐在对面

谙熟我灵魂的一贯务虚

青春痘妙语解颐

火热的战斗淹没了形容词

泾渭茯茶，金骏眉，峨蕊……

茶汤泡三泡，红尘滚一滚

也是不断抛弃定语的过程

“酒可以当茶，茶不可以当酒”

雪化的时候

请务必来认领一个句子

人群中被识破的整容者

俏皮如感冒病毒

羞于喊出你的名字

（五）

人到中年呵，还能被什么诱惑？
涂着眼影的女人点燃一支摩尔
她的眼神引领醉茶者跃出水面

质疑者反复描摹沙漠的弧线
海的内部，或者
一部电影逐渐深入的情节
相爱的人都曾有过的啜泣
余震后体内的残骸翻涌
活着，并感知死亡的陡峭

拐角处迎面走来的人
将是另一个自己
披着已用旧的魂

诗歌并非岌岌可危
只是需要像新闻评论一样

把句子打磨得短小精悍

外形也越来越靠近

与之匹配的

空洞的商业文明

还有

如茶本身一样

素简气虚的命运

# 儿科病房

儿科病房
每个孩子一手扎针
一手举着 iPad
撕心裂肺地哭喊后
看到“光头强”他们又笑了
“你好好打针就给你多看两集动画片”
高科技让生病沦为儿童的福利

作为孱弱的母亲
我愧对伟大的二胎时代
创造生命这样惊心动魄的事
我居然无力来第二次

尤其是有一次孩子高烧七天不退
他喃喃对我说：
“妈妈
你看那个小宝宝刚出生就病了
比我还可怜”

# 斯德哥尔摩综合征

千哥住院第八天

我已经熬不住了

他却顽皮地说：

“打针又不疼

医生也挺好的”

我问：难道你不想回家吗？

他说：“也想

不过如果回家要吃药

还不如在医院打针”

我纳罕

天！你除了病毒感染

还得了

不可救药的

斯德哥尔摩综合征

人类果然是可以被驯养的

“妈妈，那个奇怪的词是什么？”

“人质爱上绑匪
病人爱上医生
小孩把病房当游乐场了”

儿子说：
“别担心，我对医生只有半分爱
连我喜欢的赛车都知道
‘自由万岁’*
不过它来自加利福尼亚
不是斯德哥尔摩”

*注：电影《赛车总动员》台词。

## 秉烛记

昨夜读到一首

名叫《中国》的诗

相比宏大的喧哗

我更热爱这小型的朗诵会

少数人的粗粝和眼泪都是真实的

像他们从未离开过的土地

诗人不再造梦

不再是古籍堆里整理尘埃的人

地表已是冰点

人们潜入深海取暖

掩耳盗铃的寓意是

哲学的痛苦比肉身的高级

那么酒呢

永恒的无欲则刚的宠儿

人走茶凉呵

但酒一直是热的

晚来风急

镜中人是我唯一的死敌

此刻

得了肺病的母亲们

正在北中国的雾霾里喘息

# 大兴善寺

我必须低成一朵莲
或者如石碑前啄食光阴的鸽子
以及许愿池里洞穿世事的龟
才能将肉身挤进世界的迷雾

诵经声从大雄宝殿传来
匍匐在佛前的人群沸腾
如光耀而巨大的罪
般若波罗蜜多
捡起遗失在废园中的一枚菩提
在幽静的夜里反复擦拭、雕刻

大雪将至
世间所有的灯都在此刻熄灭
黑暗中我才能完整地描述前世

但长安只是异乡
任凭我跋山涉水前来
不是勘测命运

而是寻找一场苦难

并把她搂在怀里

多年后

你坟前虚无的经卷已燃尽

老母亲在故乡种下的麦子

像积年的悲伤已绝收

# 一场佛系的雪（组诗）

## （一）一场佛系的雪

是否覆盖南山你随意
是否前来爱我你随意
是否困住归途你随意

这个夜晚
不必读人类的文字

舌尖上深藏的毒
在大悲咒的升腾跌宕里
上升为持久的蜜

上善若雪
说的是大地的缺口
暂时被掩埋

## （二）麻辣火锅

我和火锅的情感
像极了一对怨偶
既无能力琴瑟和鸣
又无意愿分道扬镳

大动干戈
而大梦初醒

吃辣能力的衰退
是身体老化的一部分
真叫人忧伤

## （三）大雪中的快递哥

网上说深情的人都不发微信
而是直接打电话

抄起来就打

前者是社交工具

唯有打电话

才是用声音传递感情

如此胡诌靠得住

那只有快递哥最深情

大雪封路

很多小哥就雪吃着便当

此刻

我不能错过任何电话

唯有在大雪中

我愿成为一个深情的人

## （四）读你的诗以及去年的大雪

医生说出
“我已经尽力了”
与相爱的人说出同样的话
究竟有何区别？

这个下午
你的沮丧
来自对面飞来的一只大鸟

## （五）看 8 月的照片御寒

2015 年的 8 月
一个人在大理
2016 年的 8 月
一个人在东北
2017 年的 8 月

一个人在贵州

……

那些在旅途中种下的蔷薇

孤独极了

自由极了

几乎每年八月都选择独行

不过是为了给接下来的严寒做准备

纷飞的大雪

滚烫的花雕

热烈的骨头

都比不过我在八月对自己说出的感恩

## （六）一月

我在一月出生

却并不喜欢冬天
臃肿，怕冷，关节疼

也要鼓舞自己试着讴歌
朋友圈喜闻乐见的雪
与时光的褶皱对抗
晒雪景是游戏的一种

不下雪的月份
没有道具的自拍太荒凉

一月简洁如白纸
词典里空空如也
终于可以把句子截得更短一些

## 你穿上我的悲伤

那唯一的哲学的外衣
露出疲惫的身躯
被弃置于汗流浃背的夜晚

月光和哨声都很得体
像格言、警句

此刻他们谈论
重要的女诗人和她次要的诗
“甲此时平庸将永远平庸”
“乙最好隆胸而不是韩式半永久”
“丙单身后活得像个病句”

“那么你呢？你靠什么抗挫？”
“我嘛，重在参与
自从母亲开始给我点赞
写诗这件事情越来越有意义了”

凶手慈悲而温情地写下：

一个人应该活得是自己并且干净

宿醉者最先说出真理

神让你越俎代庖来宽恕我

而我那件名叫“悲伤”的衣服

丢在了何处?

# 第七天

战争后就无须批判硝烟

不久后落成的纪念碑

甲乙丙丁的名字都会刻上去

谁在黑夜啜泣

谁尚在内心收拾残骸

只能交给

生活虚拟的部分

以及被诗歌升华的部分

一切从七日后开始

秋风依旧战栗

删掉排山倒海的比喻句

更多的时候

幸存者的生活

只能被

发酵后的疼痛滋养

## 人间修辞

最近在诗中频繁地读到“耗尽”一词
是的，活着太累
修辞也并不丰饶
原本的贫瘠都快要被榨干
要持续地爱下去
就得节能环保

一些词命悬一线
再不回收利用
就要变成绝命诗

# 回信

见字如晤
翻朋友圈也是

你和朋友们的互动
温良恭俭让
多一个点赞就多一份忧虑
互联网的表情越来越僵硬
午夜也盛放不下的胸中块垒
真叫你怅然

多余的眼睛
不止一次窥视了你的梦境
酒醉毁誉参半
求仁得仁
唯一清醒的是不要在表情中迷失

若干年前我认真回过你手写的信
如今
来电未接
只在心里已读

## 致歉

网红诗中悄悄盛行
“为将新欢视为初恋向旧爱致歉”

遥远的波兰女诗人
请你原谅蹩脚的二手玫瑰
有时仅仅为了模仿
诗人们已经殚精竭虑

在这诡异的人世间
写作者要保存体力
就要保留杜撰的能力
有时则要抵御春风

时光渐渐赋予我一颗草木之心
沉默最接近美德

山长水阔的五月
我为视仲夏为孟春向岁月致歉
我为没有被你误读向词语致歉

# 当我老了

突然觉得

现在就应该把年老时用来消磨时光的诗写够

并提前录好

即便这是个伪命题

但依然原谅了自己的平庸笨拙

原谅了语言荒芜时的束手无策

没有好句子

次好的也可以

连次好都做不到了

至少可以保证次坏

我写诗

跟买保险一样

也是为了养老吗?

“瞧瞧那个没有乡愁的人

她局促的低吟只属于自己”

一个策马扬鞭的老太太

在年轻时的分行训练中

目睹过山峦与河流的真相

只要做到诗艺不退步

身材不变形

以及预防三高

杀进养老院后也能依然傲娇

## 落雪记

有一位微信网友
喜欢像朝九晚五上班打卡一样
给我发一些链接
有时是如何养生
有时是“不转不是中国人”
有时是情感鸡汤

有时则孜孜不倦
一连几条
堆在一起
像诗歌来不及分行的臃肿

我从不点开看
却也一反常态没有拉黑他

卸下武装的中年
在满地落叶间向晚枯坐
无论之前是否摇曳枝头
此刻思考的是

怎样以单独的姿势过冬

想起一位老者讲生平
一棵树的尊严
是绝不让人在冬天里心生怜悯

# 亲爱的

时间简化为一片枯叶
黑夜简化为一颗星星
那个勤奋又愚笨的人
无数次在梦境里把我
小心轻放
却从来不愿把“亲爱的”
简化为“亲”

亲爱的
你不能把那些病句
那些无论怎么痛饮也不醉的酒
称作失败

# 人群恐惧症

其实恐惧的并不是人群
而是人群中那些熟悉的陌生人
恐惧他突然跳出来给你点赞
劈头盖脸地描述其前世今生
在你还没准备好成为一个听众时
剧情已为你设置了表情
你只好小心翼翼地
避开细小或宏大的叙事
假装失眠失忆
你对遇见的每一位阿尔茨海默症患者
报以深情慈悲的笑
像拥抱自己的暮年

## 母亲节

妈妈，如果你也疼

你要像婴儿一样哭出来

你要像孩子一样任性地说：我就要

或者，我不要

## 如何给重庆写一首诗

给重庆写一首诗是艰难的
毛肚、黄喉、鸭肠、毛血旺……
比火锅食材更文韬武略的诗人
那土生土长以醉为纲的江湖
每一道风情都值得将灵魂抵押

夜晚与宗教
朋友与兄弟
生活的泥沙与酒一起下肚

在重庆
我不热爱抒情
只需坦荡叙事

给重庆写一首诗是冒险的
像在不恰当的时间遭逢致命的真爱
先把自己活成绝句
才能窗含西岭千秋雪

把秋天里被消耗的事物

回收为再生的词

给重庆写一首尚未抵达的诗

可是，重庆

我为什么还没喝醉

是因为我最好的眼泪并未落给你吗？

## 红色石头上的魂魄

风吹到这里的时候
空气骤然冷却
渣——滓——洞
这三个沉重的汉字
烙疼人群的目光
此刻，唯有静默让人虔敬

墙上的逃生门
像半个太阳
正冉冉升起
“战士的坟墓比奴隶的天堂更明亮”

参观完毕
朋友来接我
我发过去的定位显示
——“小萝卜头遇害处”

感谢高德地图
让我第一次在这样的地标

与重庆友人见面

而后，依然是持久而巨大的静默

我与友人心照不宣

很久后

友人才说：

“我从来没想到

一个孩子的遇害地会显示在地图上”

是的，那个小小的纪念碑

像一面沉重的旗

插在我们的心上

渣滓洞外的那棵石榴树

五十年前比那个瘦小的孩子还小

如今枝繁叶茂

在重庆

我听见一个孩子哭着叫妈妈

可是亲人的魂灵不能有半点泪光

## 敝帚自珍型人格

在人群中经常发挥失常
绝不是因为怯场
相比出糗
似乎眼角多出的一道细纹更值得重视
而相比光阴老去
能否留下一个仅次于不朽的句子
更为迫切

生不逢时
有时指的是
即便在你热爱的异乡
没人注意你病句频出
竟然也未曾开怀醉过

## 在重庆

我把四张脸合成一张
分别叫做：
我的自拍（端庄明媚）
普通青年眼里的我（知性优雅）
文艺青年眼里的我（几乎秀色可餐，啊呸）
以及被“老流盲”偷拍的我（颓废迷离）

生旦净末丑
重庆的袍哥们
在微信群里玩起了词语接龙
仿佛个个被林志玲临幸
哦，这狂欢
这重口味的宋朝

我只是一个在微信上给李亚伟礼貌致意的
前中文系女生呀
怎么突然就和李海洲一样
说起了相声

谁也没注意

我之所以把“流氓”

篡改成“流盲”

我的意思是

世人并不曾看过我的第五张脸

# 第三辑　每天都有新的不安

一直与错误的敌人战斗

尚未学会与童年嬉戏

真正的敌人则是衰老、死亡

及本身对爱之枷锁的恐惧

《理智之年》

# 走失的红裙

拉开窗帘

他看见中年里最后的光线

在对面废弃的建筑上消失

她薄薄的身姿也塌陷

有些事情

如果不开始

就没法结束

他们正需要这样的仪式

管状的呼吸和爱

都来不及输送

下午就结束了

很久后她才发现

她最后见他时穿的红裙

再也没找到

像深爱的人消失在黑暗里

她又买过很多条红裙

但唯独不是那一条

多年后再重逢

他把那条旧的红裙还给她

她不再年轻的脸上

突然泛起初春傍晚的红霞

然而这没褪色的记忆

并没有令她泪流满面

# 照例该为春天写首诗

去岁我写下：

春天，应该远离那些已知的抒情

除了一望无际的遗忘

新的春天

到底和往常有什么区别

过于汹涌的花事

瞬间分裂

一半是大海一半是沙漠

柳暗花明过于拖沓

葳蕤随时间沉没

对于未知的马匹

还要储存更多的慈悲

让明天跟你的预言一样光明

在此之前

我们还要继续保持

虚假的理性

像春天一样道貌岸然

# 养生馆（组诗）

## （一）我的颈椎问题是哲学问题





颈椎问题属于宏大叙事
电视上一边在鼓吹养生一边又在打假
新闻、教科书、互联网、爱情
每一样都增加身体的毒素

爱与爱肯定是不一样的
疼与疼也不一样
有的柳暗花明
有的虚与委蛇

唯独刮痧这种单纯的疼
真叫人想抒情
字和词不再折磨我
我只是一下一下细数
背上的刀光剑影

三十岁就与内心和解

似乎太早

不再嫌弃母亲转发的养生文

把身体当成陌生的形而上学

还需要好好供奉





## （二）一个女人的史诗

她拿起刮痧板

对我说：

“我给你讲讲我的故事

我经历了你能想到的

一个女人能经历的所有痛苦

结婚十年

他只上了三个月的班

守着那些破房产收租

“家暴算什么呢？

你以为我挨几顿打就会离婚？

我挺皮实的，没那么不经打

出轨算什么呢?

小姐都有职业操守，哪会给脖子上留印记

情人怀孕后来找我

我把存的钱都给了她

……

嚯，这些都不算啥

让我这样的女人离婚没那么容易

“直到后来

他吸毒”

说到这里她叹口气

也许是因为我作为唯一听众却没回应

“我至今最后悔的是没把他送进派出所

我的一双儿女

还在他那里

为了每周能见一次孩子

离婚三年

我至今对他忍气吞声

……”

最后一下了

刮痧板重重刮过我的皮肤

这次

我出乎意料地没有喊疼

## （三）仁者爱人

做卵巢保养的中产阶级妇女说：

“你们要用五个字来衡量男人才能幸福”

我猜到她要开始说什么

那五个字

不过是住在我们隔壁

少言寡语的老好人

虽然不期待从她的婚姻成功学里

获得启发

但当她说出“仁就是单人旁加一个二”

并且加一句“你们晓得这个字吧？”

我依然忍不住笑出声

并默默赞许她的幽默感

“仁义礼智信”

她用拆字法解释了每个字

汉字的魅力在她腹部的精油上熠熠生辉

随后她语气娇嗔地说：

“我老公在美国

他一点都不喜欢我拔罐刮痧全身伤痕

等他回来我就再也不做中医调理了

我老公这个人呢

特别能挣钱

他说只要我高兴他累点没事

你们看看哈

我连拔罐的自由都没有了

还高兴……

还高兴什么呀”

## （四）自由

听了中年女人的话

我开始思索窗边

一棵玉兰树的自由

花瓣热爱每一方它栖息的土地

星辰永不失联

若人们能随意处置自己的身体

算不算高等自由？

多数人在牢笼里追求所谓财务自由

没钱的人的自由被讥讽为“穷开心”

有一个在美利坚挣钱的丈夫

这样的女人却要牺牲拔罐的自由

这是多么伟大的舍弃啊

## 车过永宁门

一枚超现实主义的
人造月亮挂在天上
戊戌年最后一夜的幻影
把梦境转换为现场

突然明白我在诗里
为何不热衷呼唤故乡

那个懂占星术的人说：
“深渊住在下着雪的大海里”

而此刻肃杀的长安街
既没有积雪浮云端
也没有苍茫云海间

## 城墙下的光和影

我们在城墙下散步
探讨如何把内心的腐朽
陈列得更光明一些

幽暗中你的叹息
持续揪疼我
黑夜遮蔽掉的表情
让我可以躲避在自己的枷锁里
就像有时长在你体内
让我安全又暴躁
我不知该如何替你来爱我们前世的
以及来生的母亲

寒冬的凛冽
于是在这漂浮的慈悲中
将我一点点融化

一个男人在午夜关窗户的身影
持续惊动我的梦境

很多个失眠的夜晚
我读你的句子
并试图逃离捆绑我的
以自由为名的画地为牢



有时我也沉迷于观赏他们玩味人性
你洞悉的一切，包含着一个人对另一个人的
一切遭遇与慈悲
尘世的幸福
仅仅路过是不够的



你并没有看见我转过头去落下的泪
城墙下的光和影
使我隐秘的内心完好如初

# 我的抑郁症

最初是带着《道德经》和《金刚经》蜗居在闹市修行

大隐隐于市

我对“隐”成瘾

这是疾病的开端

竹林枯朽在这个最衰的年代

闹市的噪声挖空我的心肺

就那样不期而至的

我所熟悉的黑暗突然变得轻佻异常

无比荒凉

我忘了自己曾被陶潜害过

又被嵇康爱过

如今却只能接受伪煽情主义和后现代垃圾的

轮番侵蚀

一个寂寞的人逼迫我发疯

一个寂寞的人糟蹋全世界

想象过于贫瘠

导致我不得不把报头每一桩惨案的女主角

换成自己



身在其外的我睥睨人世

身在其中的我偷窥自己

关于写诗这种伎俩

我已相当笨拙

求生度日是那样艰苦卓绝

即使天网恢恢

对于孤独也是无法稳操胜券

每天我吞嚼四种水果

只有味道能证明身外的世界依然存在

一颗梨将世界分为两半

一半悬挂在我的身体

一半去攻击别的星球

我就那样不可遏制地爱上这陌生的黑客——

那个在闹市中间画圆的人

那个把圆当作牢狱的人

那个打算终生服刑的人

那个要带我上路的人

睡眠和音乐

已成为厌食症的一部分

我和电话的铃声则互相吞吃对方

譬如诗兴发作?

譬如兽性发作?

疾病居然都成了一种幸运

我看到蓝色的液体注入我绿色的静脉

如同我夜里杀死的咖啡和白酒

在笔直地跳舞

炫耀着它们蒸蒸日上的命运





假如有可能，也可以引爆自己

让一地碎片的妩媚

零落成泥

也许还可以栽花种树

像养育情人一样

不必等它发芽

我的饕餮岁月

我的峥嵘年代

爱情

如豆腐渣工程一样不可推敲

盲目的感情竟然也能让我恢复神志

症结在于我的疾病没有高潮

叛军攻入内心

从此，我拿什么甄别你的温柔？

你的哪一张脸

才是爱我的脸？

我看到一个女人守寡的姿势

和我一样茕然独立

秋天不能这样坐以待毙

我要离去

势不可当

看到了吗？

我依然瑟缩的诗行

必须拉回到现实才算靠谱

面对这样华丽的陷阱

如果掉下去，还会爬上来

如果爬上来，还会掉下去

如此重复

就是人生

# 给你的信

你在故国发蓝的天空下
发出暴躁而持久的怒吼
你在身下努力掘出断裂的蚯蚓和碎石
你是世上
偶尔对我动用暴力的少数人

此刻我们却再不能
一起友好地分享
时间缝隙里的尘埃与欢愉
以及这破绽百出的空白
你对往来过客
粗鲁而坦诚的情话
很快变成隐痛

以孤独为业
以孤独为命的诗人
词语填满了前半生
对温暖的事物暴殄天物
至今仍用杰出的病句注解着生活

晚风召之即来

你空房间的窗帘泛起涟漪

多么像沉默的丧钟

回荡得并不精确

让我想起失散已久的亲人

# 海看见我了（组诗）

——太平洋行记

## （一）读沧海

全部的语言都藏在海底
露出的部分是伤口

即便此刻
我只看见了海岸线的一部分
甚至只是大海的一滴

只要我的灵魂包裹在其中
只要我探测到它内部的虚弱
我便可以骄傲地喊出——
我懂得了全部的海水

## （二）海看见我了

我把两个小酒瓶挂在耳朵上
飞越太平洋以及秦岭

看海归来

也带来了部分的蓝

大海女神

令人敬畏的雅典娜

屹立在蓝色漩涡的中央

日复一日等待良人的归来

那酒瓶就是蔚蓝的盾牌

再浩瀚的太平洋

也不过是双眸子

有时是眼泪

有时是海水

## （三）孤意与深情

每次看到大海

都想落泪

缘自海水对一枚迷途贝壳的救赎

同样拥有一颗骄傲的内心

他却愿意将自己放得很低

黑暗中我想到落于海面的雨

无声无息不被任何人知晓而降落的雨

安静而犀利地叩击海面

鱼儿甚至都浑然不觉

我一直在想这样的大海

直到孩子说出

“大海像会移动的蓝天”

一个不嗜酒的人

此刻把海喝醉

又吐出无数云朵

## （四）铠甲与爱

神馈赠的铠甲
穿在你身上
于是铸造铠甲的碎铁
成为我重复的病与甜

在海边醒着的夜晚
做着深浅不同的梦
我已被汹涌的海水点燃
我已被浪花不由分说地吞噬

铠甲消失的部分
是失血的黄昏
是墙壁
是窗帘拉下的暗无天日
是盐是深渊
是徒劳
是养蜂人 X 光般锐利的眼

穿在身上时

你是大海的一部分

卸下的时候

海成为你的一部分

## 你的凌厉是星空的迟疑

走路你走大路

千万不要走小路

大路上的那个人儿多

拉话话解忧愁

——《走西口》

陕北的太阳

打碗碗花、黄土塬的火

你赐予的大海

及其未曾裸露的伤口

此刻一一呈现

毫不意外

黄土塬沟壑里隐藏的深情

与你身上的暗物质如出一辙

穿透信天游来到仲夏的故乡

你的兰花花她还好吗？

沧桑的土窑洞内
灯火始终向上
这是最苦难也最温暖的地方

两三只孤单的鸟飞过
为何只有你
坚持这种古老而绝望的艺术？

这一次，作为异乡人
我们终于不用再谈“主义”了
除了死亡
并没有什么值得被严肃地谈论
夜晚的苦楝树
寂静中呼唤你的乳名
仿佛母亲还在

我把心跳和脉搏放在大地的手心上
感觉双手像被你握着
于是我整夜醒着

为变成这厚重土地上的一道褶皱

而感到巨大的幸福

# 美甲店见闻

一个女孩穿着织满“原谅”字样的绿色毛衣
踱步进来

“敢问姑娘这是犯了多大的错？”
女孩笑嘻嘻地说：
“虽然被绿但还是选择原谅啦”

我不由感慨：
“新人类的世界真的好光怪陆离”

想起若干年前
电影《密阳》里
女主人公声嘶力竭地控诉上帝：
“你有什么权力替我选择原谅？”
——上帝僭越了她的慈悲

很多年过去了
包括“原谅”在内的很多事
我不再据为己有

起球的毛衣一再被丢弃

女孩说：

“姐，你要是喜欢

我可以发你网购链接”

我笑着说：

“不用了

我们上点年纪的姑娘

都是直接把‘原谅’二字文在身上”

# 生日记

母亲说我小的时候
她去上班就把我锁屋子里

回来后邻居告诉她：
“你家丫头一直在说话
好像和几个小孩玩得很开心”
母亲进屋后发现
我不过是一人分饰多个角色
喋喋不休
沉浸在自己的童话里

那时我三岁
也许四岁
正试着练习解决
属于儿童的孤独
那成年后漫长的必修课

这些年早用独处打败了一些喧嚣
我最爱的依然是

一人分饰多个角色

直到内心的修辞枯萎

这些角色质朴而暴力

无一例外

缺乏成年人的忍耐与客套

即便和最亲的人

也保持着得体的距离

这是童年种下的病灶

三十岁的生日到了

再次许个愿吧：

此生唯有将此得体延续

## 诗写出来就痛快了

你拥抱过谁

谁就变成火焰

最终饱含热泪地

庆祝自己成为余烬

在泥泞漫长的一生里

谁不曾遭遇伟大的背叛

悲悯时常都会发生

短暂的幸福则来自我们的陌生

体寒的人即便夏天也手指冰凉

写着写着就没有执念了

只是静待一个好天气

没有人愿意相信

所有事物的结局

都只是机缘巧合

而所有的好运正在构成新的破碎

## 睡前诗

一场虚拟的泥石流
总是在夏末准时暴发
她总是因为爱上一个人而哭泣
并因此感到孤独
内心生活过于丰富则是灾难
“这个人连示爱的神情都如此凌厉”

在午夜的冥想练习中
她回到孩提，突然崩溃大哭
她想自己肯定已经呈现出
某种老年善女人的特质
让他不忍心像砸碎相框一样用力
而她经常在午夜倾听内心碎玻璃的声音
她用手去抓那些玻璃
直到鲜血渗出
“你的呻吟里从来都没有真正的疼”
当然，也没有彻底的欢愉

如果要的东西太复杂

就会常常感到自尊受损

她想起他离开前的叮咛

每个人都有自己的地狱

她写道：

我是你纯金做的宝贝

此刻

我是你写坏的一个句子

# 听他说

他说：

“你当然是美的

只是不漂亮

并且没那么肤浅

关键是还让人有安全感”

她笑得烤瓷牙仿佛都要炸裂

那些常规的造句游戏

需要小心翼翼地避开

最单纯的情话

# 我有时候也写点口语诗（组诗）





（一）

朋友圈有位诗人

最近开始疯狂抒情

我友好地提醒：

“你可是以口语诗著称的”

他哈哈大笑：

“我当然还是需要抒情的

作为前辈我要告诫你：

记住，不存在什么口语诗人

在调情游戏中

唯有口语才能让对方

快速启动走心模式”

（二）

一切问题

最后都成了八卦

这年头

骗子怎么都去当诗人了

他愤慨地说：“偏见！”

女诗人如此多娇

引得老艺术家竞折腰

可是，亲

你怎么能用谦谦君子的方式谈恋爱？

（三）

男诗人喜欢把他们的情人统一唤作

小宝贝

这样可以把纰漏降到最小

疑似这个方案还要再改改

甲方的心思你永远都别猜

有时候他们也会短暂地卸下盔甲

装作无能为力的小男孩

也只有此时

最接近深情

他早年的口头禅是：

“有什么事我们躺下再说”

如今岁月渐长

他虽然不带保温杯

但养生也早已提上日程：

“有什么事我们还是边走边说吧”

（四）

他不小心把私人照发到了工作群

虽然可以撤回

但三秒内已有人转发

唉，群聊真的很麻烦

有时候他们也发一些聊天截屏

眼看给不同的人说过的话

破绽百出

谁规定的

人不能同时踏入多条河流

可是孤独如此庞大

群撩到底行不行？

（五）

这些年

他习惯了用诗

封锁现场

掩埋现场

谈坏了的感情

用诗句清场之后

内心平静

如同被庙宇包围

（六）

母亲住院的时候

有个友人打电话要来探望

被我婉谢

他说：

“虽然我们并不是深交

但是我想让你父母看到

你在异乡是有朋友的”

就这一句话

让我泪流满面

后来

那个朋友把我拉进了黑名单

并在朋友圈公开斥责我：

一个卖弄修辞的自拍爱好者

我本想继续为他点赞

因为曾经他付诸异乡人的

热泪盈眶





（七）

时间才是最终的朋友

要与之牵手

就要学着藏污纳垢

你们那么计较输赢

能陪跑到最后吗？

所谓吃相优雅

就是见过天地见过众生

不崇拜主角的光芒

而逐渐谅解配角的不易不堪

不在饭桌上揭发别人的错别字

在无序的世界里

体会自己的节奏感

认真点，再认真点！





（八）

朋友的朋友是我的朋友吗

作为缺乏交友热情的人

这个问题偶尔也困惑我

尤其有一次

当一位朋友的好朋友对我说：

“你可以先在百度上了解我”

## 从现在开始憧憬年老的生活

当你沿着幽静的湖堤散步
你看见的
被涟漪卷走的深渊
是命运禁锢的另一个我
或者
被你词语的阴谋击中的我

你暗示我相信
命运会安排这一天给我
从知天命一直到耄耋
在此之前
生死与悲喜
尚未找到合适的安置地

当我老了
高科技抚不平我的皱纹
我再也不迷信叶芝
睡意昏沉的时候
就躺下睡到自然醒

如果我的眼神依然明亮

如果我的笑声依然荡漾

他们也会赐予

如你今天对我的叹息

一个心事重重的老太太

居然策马扬鞭

奔赴一场梦里的约会

那年轻时你种植在我体内的孤独

在你离开后枝繁叶茂

待到年老再连根拔起

只留下浩瀚的肉体的遗址

像此刻我写给你的诗

披覆的绝不仅仅是我日渐衰老的皮肤

还有深埋的血痂

以及比你知道的更深邃的爱与疼

多么希望这是真的

我躺在摇椅上

像在后海的某个宁静的午后

一边消磨着老年蓬松的时光

一边与往昔的岁月和解

八十岁的时候

你会不会变成我的维特根斯坦

牵着我

笑语吟吟地说：

“她呀，是我此生最爱的姑娘”

# 每天都有新的不安

当我在纸上写下：
我学会了天真、聪明地生活
福尔可定止咳水狡黠一笑：
“亲爱的
你要警惕那些流行的元素”

与午夜咳嗽的搏斗中
身体迅速变为傀儡

流感一样迅速蔓延的微笑
空气中消毒液的味道
人们脸上盛大而复杂的表情
箴言一样的训诫——
是我受过的教育的总和
此刻合并为我胸腔中的虚空

没有一种悲伤比得过身体的残缺
没有一句诗行配得上万物的静默

保护性条件反射持续发酵

高烧、咳嗽、谄媚、诅咒……

爱与病

身陷泥潭的人

每一次拯救对方的尝试都让彼此

陷得更深

直到乌泥没顶

我想起多年前飞出窗外的躯体

他曾赐予我深情之吻

让我忘记黑夜

而他

最终只领略了落日的圆满

## 我的痛苦还不够多

这一刻终于来了
在我假想的暮年

疾病与残败
让我屈服于紫荆树的明媚
甚至更低一些
做回落叶

俯身捡起诗的残骸
这是我老年还没丧失的唯一技能
手机屏坏掉之后
没有相册可以追忆
依然以海水为喻体
但不再写深藏不露的赞美诗

年轻的时候
我已深陷自己的局限
朴素地表达好恶
任性而偏执

也曾意气风发地注视过山河与人间

生活大浪淘沙
只有少数人是深情的幸存者

我终于成为时光的钉子户
与日子相濡以沫
如今我痛苦
但已经没有人是罪魁祸首

# 已经很少有人当众说出羞愧了

他们说人多的地方少说话
要注意讲话的分寸
切勿交浅言深
酒后的承诺却一定要兑现
就像朝阳对露珠的承诺
绝不能大而无当
过于决绝的话都不要信
要留意一些细微的善意

对于诗歌也一样
诗早都不是诗人们的正餐了
正餐是什么呢?
观测那些神出鬼没的内心戏
或谦逊或狡黠地相互承让

时光或挺拔或佝偻
越来越多的人学着表演真实
姜还是老的辣
自嘲与玩笑也是一种上升的哲学

让一切宿命般的丧失

都变得情有可原

# 一个九岁男童的悼念会

如果我没法给儿子回答

“妈妈，小哥哥怎么了？”

那么

这个世界肯定是错的

汉语就是原罪

新闻头条记录的罪行是肤浅的

不及人间的一行眼泪

同龄小伙伴的悼词写着：

“愿你精神永存”

是的，小学四年级

他们还没有深谙修辞与悲伤

正如没有深谙黑暗与死亡

祥和世界里人们莺歌燕舞

又与魔鬼形影不离

你到生命的最后都不明白

为何“胖叔叔”的笑里藏着刀

我提醒自己
为一个逝去的幼小魂灵写诗
承受的良知风险远大于词语风险
互联网上的病毒
一波接一波
吞噬着若干个没有明天的孩子

但我必须写下
正是那些纯真
构架了黑夜

你离开后
我每天回家掏钥匙时
都迫不及待地喊：
“孩子你在不在？
请你宽恕……”

## 夜晚在曲江

人民热爱灯光
所以我们也要热爱人民热爱的灯光
以及为人民制造更璀璨的灯光
乃至制造白夜
制造梦境

两棵树孤独地站在比星空
更明亮的灯影里
它们全身都裹着灯
它们用力吞咽一些玻璃做的星星
咽下流离失所，咽下陆离光怪
像两个彼此取暖的人
一定要承认相爱
才能化解黑夜的耻

在唐朝
秋水共长天一色
其实说的是
树何以堪

# 春天，遭遇一生的蓝

我尊重你更早抵达的春天
也尊重人性的蓬勃与复杂
尊重你用方言说出某个词的小细节
和唇齿间的瑕疵

万物蓬勃的季节
我不想写悲伤的诗句
即便虚拟的悲伤
也具有杀伤力

有时不得已屈服于大海的蔚蓝
却总是忽略凶猛的意义
一半的我在用力亲近它
另一半则在躲避抗拒

潮水退去
春天的海留给我一些细碎的贝壳和沙粒
泪水坚硬而石头透明
深嵌在我体内的玻璃绽裂

这迷人的尖锐和空洞的啜泣

还有深呼吸和满树繁花

并不能让我放松

直到那千万个“亲爱的”

雨点般落在身上

## 有些事想来惊心动魄

夜多么黑多么难得
你并不想借一盏灯
来小心避开诗歌中的谶语
只想与黑合而为一

在黑暗中我们才能看清对方
唯一的我们
算计着一支烟熄灭的时间
沉溺于短暂的未知

白天的那些披着光明外壳的箴言
依然在明灭闪烁
荒凉而绝望
让幸福蒙羞的
你赠我的夜路
以及冷的哲学
不由分说的严峻

很多事情

要过很久，才值得言说
此时探讨诗的本质过于虚伪

普拉斯的尖叫和
阿赫玛托娃的忧郁
以及你身上形同虚设的铠甲
终止了我在黑暗中的喋喋不休

我啜泣，是因为
多爱一个人
在尘世就多了一段生离死别

# 别无他事

在名人的书房
掌握了宇宙观的首先是墙上的自画像
其次是来宾嘴里次第绽放的真理
偶尔也有家国情怀、八卦绯闻

有人思考的时候
周身都能保持柔软
像那些毫不锋利的特技演员
都是安于痛苦的大师

形容词弱化了生活
又是什么在弱化诗歌？

那些年轻时就对着蓝天的深渊
忏悔的人
晚年又会经历怎样的审判？

多么巨大的空洞呵
用语言如何填充

这布满旧漆的时间

体谅人世的不堪

成为此刻最大的修养

他把意义早已还给词语

“你们瞧，如今成功并不吸引我

最好的状态是别无他事”

# 春天的十七个瞬间 *

春天能战胜一切，包括死亡

——《春天的十七个瞬间》台词

囚犯说：

“我实在是受不了了，受不了了

你们明白吗？

我只不过是想活，谁领导都行

不管是法西斯主义和资本主义

有希特勒和没希特勒都行

我不能再这样了

你们的盲目、无知、愚蠢和狂妄使我窒息”

赫尔道夫说：

“谁指使你写传单的？谁？

这些你自己是写不出来的

传单原稿是谁给你的？

你是受了敌人的指使

你和谁串通一气

在什么地方什么时候？”

囚犯说：

“没有……没和任何人串通过

我甚至都害怕和自己说话

我什么都怕

难道你们没长眼睛？

难道你们不明白一切都完了？

我们完蛋了

难道不明白现在让人们去牺牲是犯罪吗？

你们总是说

是为了……为了日耳曼民族

那就下台吧

请救救我们可怜的民族

你们把不幸的孩子推向死亡

你们是掌权的疯子

你们……吃好的抽好烟喝咖啡白兰地

让我们也像……像人一样活着

而不是像一群奴隶

现在……就把我打死吧

意识到自己无能为力

意识到你们要把我们的民族变成沉默的牲口群

我早晚要疯的”

施季里茨说：

“请等一等

喊是没用的

你有没有什么具体的建议？”

囚犯说：

“……什么？”

施季里茨说：

“我是问你有没有什么具体的建议

我们怎么才能营救孩子、妇女和老人

该做些什么

才能营救他们

批评和气愤比较容易

但是拿出一个合理的行动计划却难得多”

囚犯说：

“我不相信星相术

我一生酷爱天文学

可他们剥夺了我当教授的权利”

赫尔道夫说：

“原来你是因为这个！狗东西！”

*注：《春天的十七个瞬间》，苏联电视剧，1973年首播。影片围绕1945年3月在瑞士伯尔尼和洛桑进行的谈判，即英美盟国背着苏联与法西斯单独媾和的“日出行动”进行。

## 白夜

多么黑的夜晚，多么黑
他平日里抽的烟胜过十二个死于肺炎的病人
他的草稿呜咽、喘息、高烧不止
血氧饱和度持续降低
他想用熟悉的词
先于病毒，一遍遍杀自己
诗歌显然已不是理想宿主
要活命还需无创呼吸机

可是，此时还有一首未完成的抒情诗
他写道：
“我对生命、对你永远忠诚
到死为止
……”

肺白了
天空也白了
迫切的呼吸因白
而显现出

最后的唯一的圣洁

纯氧能否纠正此生潦草

他在冥想中嘴角微翘

来不及在手稿上署名

靠虚构存活了半世的诗人

此刻已没有大是大非

# 理智之年

下雪了

“如此雪夜最适合杀人”

这是最近热爱的台词

天机原本存在呵

何须泄露

步入而立

写下自己内心的风景

与时而饱满

时而并不满意的诗行

也会举着不存在的杯子

敬自己

也敬那些被虚度的哀而不伤

一直与错误的敌人战斗

尚未学会与童年嬉戏

真正的敌人则是衰老、死亡

及本身对爱之枷锁的恐惧

渐渐对谎言和情话麻木
唯独对那些写坏的句子
恼羞成怒
雾霾天能望见月亮
就已经望见了不可卖弄的幸福

时间是刀俎
切割可有可无的凌乱光阴
要驱逐体内的黑暗
还要再过一个冬天

孩子手握冰雹
手一松开便化了

# 纪念日

真是这么突然
一下子开始讨论理智之年
到了看山还是山的时候
追求氛围就胜过结局
没有什么约是必须要赴的

越简单的往往越深刻
只与善意的陌生人恪守必要的礼节
把沉默交还时空巨大的蛛网
创造世间的隔膜与光亮

今天生活着的人们
不仅需要源源不断的活力
还需要一点点运气
去化解次生灾害带来的疼

于是每一天都是我们的纪念日
很多个变了天提醒加衣的日子
很多个内心已读不回的信息

其余美好的天气都是一阕清平乐

有助于生，也有助于死

这个春天

如果和其他事物一样

能无疾而终该多幸运

## 芒种

麦子落地时的内心独白
另一个人注视它时也应该感受到

时光变幻的逻辑中
毫无意外之事日渐葱郁
越坠落越痛苦
只需服从内心的召唤
大地承接最孤独的部分

不是所有的悲怆都能唤起
相似的面部表情
麦子受苦时看起来与人类不同

好麦子不一定遇到好芒种
好芒种不一定拥有好岁月

麦地的智慧是冷的
收割时的战栗到来前
绝不把内心大面积的虚妄
轻易地唤作风暴

## 失眠

每隔一阵就会失眠一次
我把这视为生命的赏赐
要在天花板失明的夜晚
细数来时的路
生活中遇到完美，则要分外警惕
做梦除外

逝去的时间像填词游戏
一切事物的光都奔涌而来
我在其中拣拾一些涂改过的表情
乖戾已变为温和
没有百毒不侵的面具
也不必隐藏万箭穿肠

有时，获取只是为了警醒和遗忘
朴实无华的生活无须喧哗
但仍要习惯在噪声中攫取能量

我模仿曾经的自己

喜好幽暗，探究根底

与词语对峙、面红耳赤

如今，我身上已没有

其他人写疼的地方

不再辨别对白的真伪

爱与被爱的次生灾害

早已抵达清风明月

我的四面皆是溪流和风声

还有什么不能释怀

失眠总是给心无愧意的人

清澈明亮的夜

当我还未来得及感恩

天已经亮了

# 致阿赫玛托娃

如果你不能给我和睦与爱情
那么请赐给我苦涩的名声
——安娜·阿赫玛托娃

我不想一开始就喊出
刻不容缓，刻不容缓
毕竟
诗歌将吸收死亡
白银的月亮
得有下坠的过程

精神病院的美人鱼
在领袖鹰隼般目光的关照下
将荒凉的范围扩大
以便你的沉默与骄傲同步
荡妇和修女
不得不服用帕罗西汀
才能驱散初恋的幽灵

俄罗斯的幽灵

落日为谁温柔
我只需要火种
涂抹更多关于黑的意义

金嘴唇的安娜
我方才谙熟为谎言献诗
我还没学会你的手艺
来不及赞美一头狮子和它的祖国